N° .............................

# QUELQUES RÉFLEXIONS

## D'UN VIEUX CROYANT CATHOLIQUE.

### SUR LE CHANGEMENT

### DES SCULPTURES, EMBLÈMES ET FIGURES

FAIT

# AU FRONTISPICE DU PANTHÉON,

### Ci-devant l'Église Sainte-Geneviève.

*On y a joint une Notice abrégée sur les divers gouvernemens qui se sont succédé en France depuis 1789.*

PRIX : **75** c.

**Paris,**

CHEZ A. PIHAN DE LA FOREST,
Rue des Noyers, 37,

ET CHEZ TOULOUSE, LIBRAIRE,
Rue du Foin.

—

**1838.**

A. PIHAN DE LA FOREST, IMPRIMEUR,
Rue des Noyers, n° 37.

# QUELQUES RÉFLEXIONS

## D'UN VIEUX CROYANT CATHOLIQUE

### SUR LE CHANGEMENT

## DES SCULPTURES, EMBLÈMES ET FIGURES

### FAIT

## AU FRONTISPICE DU PANTHÉON,

**Ci-devant l'Église de Sainte-Geneviève.**

*On y a joint une Notice abrégée sur les divers gouvernemens qui se sont succédé en France depuis 1789.*

---

La Révolution française, dont l'époque principale se trouve déja remonter à près d'un demi-siècle, ne cesse point de poursuivre la marche que lui a tracée l'incrédulité, qui nous mène à l'indifférence, au mépris, ou même à la haine pour notre divine religion.

Il n'est point de chrétien sensible aux intérêts de l'Église sa mère qui n'ait vu avec une vive douleur se produire, à la fin d'août 1837, un si grand et si déplorable scandale, qu'il ajoute de nouveaux traits au tableau de ces attentats qu'on a vu se commettre en France publiquement, et plusieurs fois, à diverses époques particulières de nos derniers temps, contre ce qu'il y a de plus sacré pour un fidèle et véritable croyant.

Malheureuse dans son principe, et plus funeste encore dans ses conséquences incalculables, cette révolution française, qui s'est montrée et qui ne cesse point de se montrer féconde en fruits de mort de toute espèce ; qui a suscité tant de troubles, de divisions et de guerres cruelles ; qui a fait éclater de terribles catastrophes dans les deux hémisphères, et qui cependant continue de bercer les esprits et d'égarer les têtes par la chimère qu'elle leur présente d'une fausse liberté, plus propre à détruire qu'à édifier ; tandis que, bien loin d'apporter aux peuples la paix et le bonheur dont elle ne se lasse point de les flatter, elle est, tout au contraire, la source intarissable de nouvelles révolutions que nous pourrons léguer à nos neveux. Tel est le terme où nous conduisent les vains systèmes d'une orgueilleuse philosophie, que plus de quarante ans d'expérience n'ont pu faire revenir de ses égaremens, ni fixer même sur aucun point ; qui n'a jamais su que tenter de bien vaines attaques contre les immuables vérités de la foi et de la morale, en même temps que d'une autre part elle accumule parmi nous scandale sur scandale, pour le grand malheur de notre nation, joint à la perte immense, irréparable, du plus précieux de tous les biens, qui est la religion dans toute sa pureté. Fallait-il donc, qu'après avoir été les tristes et impuissans témoins du renversement des croix de nos églises et des profanations publiques, abominables, de nos plus saints mystères ; qu'après avoir vu dans Paris s'exercer sans obstacle, par un peuple en fureur, le pillage, et, en second lieu, la

destruction d'un archevêché, démoli jusqu'aux fon-
demens ; et, ce qui n'est pas moins horrible, qu'après
avoir vu ces pillage et dévastation accompagnés , suivis
des blasphèmes, des imprécations, des menaces terribles de l'impiété déchaînée contre la religion et ses
ministres, il nous fût réservé de voir aujourd'hui se
produire un scandale public et des plus crians, par le
changement tout nouveau de la destination d'un édifice qui a été construit originairement pour y faire
célébrer le culte du vrai Dieu, sous l'invocation d'une
vierge protectrice de notre capitale, l'on peut même
dire de la France entière? Fallait-il, qu'en la place de
cette vierge tutélaire, nous eussions encore la douleur
de voir qu'on offre à nos yeux, comme le principal
objet de notre admiration et de nos hommages, deux
hommes signalés dès le dernier siècle pour avoir été
les chefs, les modèles et les guides de tous nos mo-
dernes incrédules?

Voltaire, ce génie le plus pernicieux, et néanmoins
le plus en vogue de nos jours parmi les auteurs et lit-
térateurs qu'a élevés et nourris dans son sein la philosophie du dix-huitième siècle ; Voltaire, cet homme
plus funeste à l'humanité que la peste et le choléra,
par les divisions, les guerres implacables qu'ont sus-
citées, et les flots de sang qu'ont fait répandre ses doctrines subversives de tout gouvernement, se présente
devant nous plus honoré que jamais, et l'on dirait
presque divinisé. On le distingue au frontispice d'un
monument dont le roi Louis XV posa la première
pierre en 1764. Qu'on était loin alors de s'attendre

pour quels hommes il se trouverait, moins de trente ans après, avoir été fondé, et encore par l'effet de la plus terrible des révolutions ! Vingt ans n'étaient pas écoulés que déja l'on prévoyait bien qu'avant que l'édifice fût complètement achevé, l'impiété viendrait s'en emparer, comme nous l'avons vu effectivement dès les premières années de notre révolution [1]. Mais qui aurait pu croire qu'après une restitution, quoique bien imparfaite, qu'on ferait du même édifice afin que l'on y célébrât le culte du vrai Dieu sous l'invocation de la patrone de Paris, l'impiété de nouveau viendrait s'y établir avec plus d'éclat, plus ouvertement, et sous des formes pires que la première fois, *fiunt novissima pejora prioribus* ( Math. xii-45 ), au point qu'à l'avenir on n'y parlerait plus de Dieu ni de ses saints, et, au contraire, que ce serait aux premiers chefs de l'incrédulité qu'y seraient déférés les honneurs et hommages les plus authentiques.

Voltaire, sur le nouveau frontispice du Panthéon, a pour associé, du même côté de l'édifice, devenu maintenant un temple d'un nouveau genre par sa dernière destination, Jean-Jacques Rousseau, son rival en fait de doctrines révolutionnaires. Tous deux sont assis comme pour mieux jouir et plus tranquillement, dans cette position, des honneurs de l'apothéose que décerne *aux grands hommes la patrie reconnaissante*, ainsi que porte l'inscription qu'on voit sur le

---

[1] Voyez, à la fin du présent écrit, les vers qui ont été faits et imprimés à ce sujet, en 1782 et 1783.

fronton du nouveau temple. Tous deux également sont près d'un autel et dans un endroit où, comme on lit dans une notice imprimée, *les palmes croissent en abondance.* Tel est le culte qui est rendu à ces deux demi-dieux; par où il est visible qu'on a voulu qu'ils fussent honorés singulièrement, et plus que les autres personnages qui sont représentés aux deux côtés du frontispice. Ils sont aussi les seuls de leur génération que l'on a jugés dignes d'obtenir une place et des honneurs si remarquables, de la part et au nom de la patrie, qui est actuellement la seule divinité que l'on révère au Panthéon.

Combien de fois ce pompeux édifice a-t-il vu de la sorte changer sa première destination durant le cours inconstant de toutes nos révolutions! Combien aussi de changemens particuliers faits à son frontispice, suivant les phases diverses des événemens qu'ont amenés tour-à-tour ces révolutions, et l'esprit dominant chez les différens chefs qui nous ont gouvernés alternativement! Est-il un symbole plus frappant de notre légèreté nationale? Il sera utile pour le lecteur de lui donner ici, par forme de digression, une première idée, une légère esquisse de ces événemens, parce qu'elle lui rappellera, ou même lui fera connaître quel enchaînement, quel poids accablant de révolutions plus étranges les unes que les autres nous avons eu à supporter pendant la courte, mais terrible période, qu'il nous a fallu parcourir pour en venir à cet ordre de choses qu'on essaie aujourd'hui de consolider, afin de mettre un terme, s'il est possible, à tant d'agitations et de bouleversemens.

Les jours du déclin étant arrivés pour cette antique monarchie que la puissante autorité d'un roi, reconnu jusqu'alors pour notre légitime souverain, paraissait rendre inébranlable, d'autant plus qu'elle était cimentée par une respectable possession de plusieurs siècles, on vit se former et se réunir d'abord à Versailles, et cinq mois après à Paris, une grande assemblée composée de membres élus dans les trois ordres du royaume, jusqu'alors bien distincts, et que l'on nommait depuis long-temps le *Clergé,* la *Noblesse* et le *Tiers-Etat.*

1° Cette assemblée, dite *nationale,* prit bientôt le nom d'*Assemblée constituante,* parce qu'elle nous donna la première une constitution que le roi Louis XVI, nonobstant les grandes et nombreuses difficultés qu'elle présentait, fut déterminé et se résolut à revêtir de son autorité par sa royale sanction.

2° L'Assemblée constituante, et bien plus encore la *Législative* qui lui succéda, devinrent un foyer de discordes qui en moins de trois ans, à dater du mois de juillet 1789, entraînèrent la ruine du monarque, que suivit l'abolition de la royauté, et enfin la mort de Louis XVI lui-même. On pouvait s'y attendre, et l'on en était prévenu ; plusieurs même y furent disposés par les soulèvemens que des malveillans excitaient en France de tous côtés, et qu'entretenaient des brigands qui n'avaient d'autre passion, d'autre but que de tout renverser et de tout détruire, pour le seul plaisir de détruire. Dès les premiers mois de l'année 1792, les insurrections se renouvelèrent coup sur coup. Le 10 août, Louis XVI crut trouver son salut et celui de sa famille en se réfugiant avec elle au sein de l'assemblée législative ; mais il n'y trouva qu'un sur-croît de peines et de douleurs dans une plus étroite captivité. Peu de temps après, des hommes de sang se portèrent sans obstacle aux prisons de la capitale, et ils y exercèrent, les 2 et 3 septembre, les actes de la plus horrible barbarie ; quelques-uns paraissent in-croyables, tant ils ressemblent à ces traits que l'on nous rapporte des anthropophages, si même ils ne les surpassent point. Les détails en feront frémir la pos-térité, comme dès à présent le seul récit en fait fris-sonner d'horreur tout homme qui n'a pas abjuré les premiers sentimens de l'humanité. Plus de deux cents prêtres furent massacrés, égorgés ou assommés dans les prisons de l'abbaye Saint-Germain, à Saint-Firmin, à la Force, et surtout aux Carmes de la rue de Vaugirard, où l'archevêque d'Arles, M. Dulau, et MM. de la Rochefoucault frères et évêques de Beau-vais et de Saintes, qui s'y trouvaient renfermés avec lui, subirent le même sort impitoyablement. De suite une missive fut adressée aux départemens par la mu-nicipalité de Paris, pour les encourager à suivre cet exemple qui venait d'être donné dans la capitale. En conséquence de cette affreuse missive, les prêtres dé-tenus à Meaux, à Châlons, à Rennes, à Lyon, furent sacrifiés avec la même barbarie. Le 8 septembre, plus de cinquante prisonniers, parmi lesquels étaient M. de Castellane, évêque de Mende, le duc de Brissac et autres hommes de distinction que l'on conduisait en charrette d'Orléans à Versailles, furent égorgés par de vils assassins presque aux portes de cette dernière ville. Toutes ces atrocités ne laissaient pas d'être dénoncées aux législateurs qui tenaient leur séance, et aux autres autorités qui siégeaient dans Paris. Mais, sur les plus faux exposés qu'opposaient des hommes gagnés pour favoriser de tels attentats, les législateurs, sans plus s'émouvoir, passaient à l'ordre du jour, et abandonnaient sans autre examen les innocentes victimes au fer des assassins. De son côté, la Commune d'alors, bien loin de les repousser, les soudoyait et s'engageait à les faire payer de leur salaire pour tout le temps qu'ils emploieraient à expédier ainsi ces détenus. Il a été prouvé et constaté qu'ils le furent en effet après ces horribles exécutions.

3° La mise en jugement et la condamnation à jamais déplorable du plus malheureux de nos rois furent d'abord les actes les plus odieux du gouvernement de la Convention, qui remplaça la royauté, si toutefois on peut appeler gouvernement un régime affreux d'anarchie, pour mieux dire, une tyrannie sans règle, sans mesure, dont la terreur sanctionnait les décrets en les faisant, de suite et sans le moindre délai, mettre à exécution ; en un mot, un régime qui constituait la France entière en servitude et sous le joug des plus cruels tyrans, lesquels prévalaient dans cette Convention et en opprimaient tous les autres membres. On ne s'étendra pas ici sur les divers genres de supplices et de morts que la tyrannie inventa pour faire périr à la fois des victimes par centaines. De ce genre étaient les noyades à Nantes, les mitraillades à Lyon, les fusillades à Toulon, sans compter les victimes d'une autre tyrannie qu'exerçaient des hommes se disant les réprésentans du peuple, et que la Convention envoyait en mission dans les départemens avec des pouvoirs absolus et illimités. Ils s'en acquittaient par des proscriptions ou des emprunts forcés dont ils frappaient surtout les nobles et les riches, comme il se fit à Bordeaux, à Marseille, à Arras et ailleurs, où le gouvernement écrivait aux autorités du lieu pour les soutenir et les seconder. Un gouvernement qui souffrait et encourageait de telles atrocités pouvait-il encore tenir à la religion du Sauveur des hommes? L'on en vint donc jusqu'à interdire dans les églises le culte public du vrai Dieu. En conséquence elles ne s'ouvrirent plus qu'à l'impiété, dans les jours de son excessive licence et de ses fêtes plus que profanes.

Au culte de nos pères, si indignement aboli, on substitua un culte d'invention toute nouvelle qui fut celui de la Raison, dont la fête fut célébrée le 10 novembre 1793. Une fille de théâtre qui était censée la représenter, comme en effet elle pouvait bien alors la figurer dans ses plus grands égaremens, fut promenée avec pompe dans Paris, et de suite elle fit son entrée dans l'église cathédrale. Elle eut même l'effronterie, par un contraste dont la seule pensée saisit d'horreur un cœur chrétien, de monter et siéger sur l'autel naguère consacré à la plus pure des vierges, et elle y reçut elle-même, en sa place, les hommages d'un peuple idolâtre chez qui la folie, dans ce moment - là , entrait par tous les sens pour en faire son jouet, et qu'elle enivrait à la fois de vin, de luxure et d'impiété. L'apostasie eut aussi ses déesses dans les départemens. Y a-t-il en France assez de larmes pour effacer le souvenir de pareilles abominations, et la tache qui en rejaillit sur notre déplorable nation?

Dans le même temps, la férocité qu'excitait comme chez les tigres la vue du sang journellement répandu, hurlait d'accord avec l'impiété contre tout ce qui tenait à la religion, surtout contre les ministres du culte catholique, qui étaient condamnés à la déportation. Les anciens magistrats et les plus simples laïcs que l'on soupçonnait d'*incivisme* n'étaient pas mieux traités. A Paris on vit successivement traîner en charrette et mener à la mort jusqu'à trente, quarante et cinquante personnes de tout sexe et de divers états, car le nombre des condamnés allait croissant de jour en jour; on a même soupçonné que sur la fin de leur domination, les chefs des *terroristes* (c'est ainsi qu'on les désignait) méditèrent de faire ouvrir de nouvelles fosses qui fussent propres à engloutir un plus grand nombre de victimes, et ainsi de pouvoir les immoler toutes ensemble, comme on l'avait fait à Toulon et à Lyon. Un acte affreux du même genre joignit à l'injustice et à la barbarie la profanation la plus exécrable de la grande fête des chrétiens. Le jour même, le saint jour de Pâques, 20 avril 1794, tous ceux des membres de l'ancien parlement qu'on avait pu mettre en arrestation, et à leur tête le premier président

( Saron ), furent immolés par l'instrument de mort, devant la statue de la liberté. On s'abstient ici des réflexions qui se pressent dans l'esprit lorsqu'il se remet en mémoire tant et de si grands crimes commis contre Dieu et contre les hommes, accumulés en un jour si sacré, et en vertu d'un seul et même jugement.

Dans ces temps qui nous ont laissé de si lamentables souvenirs, les supplices étaient ordonnés par le tribunal le plus sanguinaire dont l'histoire ait fait mention ; souvent, sur une simple dénonciation ou d'après un décret de mise en accusation, rendu sans examen sérieux par un comité de salut public que soutenait dans de certains cas un comité de sûreté générale. Un monstre d'homme ( Fouquier-Tinville ), tigre sourd à la voix de l'humanité, sous le nom d'accusateur public, ne manquait pas ordinairement d'appuyer de pareils décrets, et de conclure à ce qu'on envoyât de suite à une mort inévitable ceux qui, à cet effet, lui étaient adressés. C'est ainsi qu'au nom de la liberté la France eut à gémir sous le plus horrible esclavage.

Un ordre de choses aussi épouvantable pesa plus ou moins fortement durant près de deux ans sur notre malheureuse patrie ; mais il ne pouvait toujours subsister. Ce furent même quelques membres des plus influens dans la Convention qui contribuèrent davantage, sinon à le faire abolir entièrement, au moins à en faire cesser quelques actes de tyrannie les plus révoltans. Un de ces hommes, dont les motions d'ordinaire emportaient les voix par l'excès même de leur férocité, avait arraché à la Convention des mesures qui mettaient la terreur à l'ordre du jour , mesures dont lui-même devint, dans la suite, une des premières victimes. Peu de mois après, les autres membres, ses partisans et ses associés, vinrent à découvrir qu'ils étaient menacés de subir la même condamnation, et qu'il n'y avait pas un moment à perdre pour prévenir leurs antagonistes en les dénonçant à la Convention , ce qu'ils firent ; et de suite les chefs des autres *terroristes* succombèrent à leur tour , mais après une fluctuation et une lutte terrible entre les diverses autorités qui dans ce moment-là partageaient les esprits de la capitale, dans la transe et l'inquiétude où chacun était de savoir à quels maîtres , ou pour mieux dire, à quels tyrans il allait être assujetti. Enfin les premiers moteurs du parti qui demeura vaincu par l'effet que produisit une mise hors la loi décrétée par la Convention, furent immolés à la haine publique. Leurs chefs, Robespierre , Couthon, Saint-Just , etc., et de suite les membres de la Commune qui les soutenaient, ayant péri sur l'échafaud , les esprits parurent respirer et un peu se calmer. Alors on sentit bien la nécessité de donner une nouvelle forme au gouvernement de cette république qui n'avait ni loi fixe, ni centre d'unité.

4° On créa donc un Directoire composé de cinq membres, mais dont la plupart furent tirés de la Convention même. Comme ce Directoire en avait conservé l'esprit, la terreur ne laissait pas que d'exercer toujours son empire , sans néanmoins s'étendre aussi généralement sur toutes les classes des citoyens. Les victimes de ce Directoire étaient choisies de préférence parmi les ministres de la religion catholique qu'il avait pris à tâche de sacrifier. Un des cinq directeurs, dans ce temps de persécution, se mit en tête de donner aussi à la France une nouvelle religion telle qu'il l'avait conçue, et qu'on nomma *Théophilantropie*. Sans entrer dans plus d'explications, il suffit de dire qu'elle fit alors des dupes comme toutes les autres inventions humaines en fait de religion, jusqu'à ce que l'autorité d'un autre gouvernement lui ôta, au bout de quatre ans, son dernier reste d'existence.

Cependant la persécution s'appesantit sur les prêtres, au point que près de 1,200 qu'on avait rassemblés de divers cantons et prisons, furent renfermés dans l'île de Rhé. De ce nombre étaient les restes de 700 condamnés à la déportation en 1793, et qui avaient été détenus sur deux vaisseaux dans la rade de Rochefort, où les deux tiers périrent de misère et par l'effet des mauvais traitemens. On pourra se faire une idée de ces traitemens par une missive de quelques-uns des cinq directeurs qui mandaient, par une instruction envoyée à leurs commissaires dans les départemens, comment ils en devaient user à l'égard des prêtres destinés à être déportés. « Désolez, y disait-on, *leur patience ; environnez-les de votre surveillance ; qu'elle les inquiète le jour et les trouble la nuit ; ne leur donnez pas un moment de relâche.* » Trouverait-on des hommes plus froidement cruels et plus ingénieux à persécuter ? Au bout de quatre ans révolus, le Directoire, n'étant ni assez fort par les qualités personnelles de ses membres, ni soutenu en conséquence par l'opinion générale, s'attira encore la haine publique par le désordre dans les finances qui, sous son régime, occasiona une énorme banqueroute et précipita la chute des papiers-monnaie appelés assignats, mandats, etc.

5° Il fut donc remplacé par un Consulat composé de trois membres, dont le chef, éligible d'abord pour un temps sous le nom de premier consul, ne tarda pas à être consul à vie. Peu après se forma et parut se consolider le plus fort des gouvernements qu'on eût vus jusqu'alors depuis la grande révolution de 1789.

6° Ce fut le gouvernement de l'Empire sous Napoléon Bonaparte, auparavant premier consul, et l'homme le plus marquant de toutes nos révolutions. Son élévation, son règne, ses succès et enfin sa chute, méritent bien que l'on y donne ici quelques moments d'attention, vu l'influence que peuvent avoir de si grands événements dans les desseins de la Providence sur le sort futur de la France et de toutes les nations chrétiennes.

Bonaparte, après ses premières campagnes qu'il fit en Italie, comme général en chef, avec beaucoup d'éclat, fut envoyé en Égypte par le Directoire, qui pouvait redouter son influence sur les esprits, attendu la réputation que de grandes victoires lui avaient acquise. Dans cette nouvelle carrière, se trouvant soutenu par une armée bien aguerrie et toute dévouée à partager son sort et la fortune de ses vastes projets, il montra ce qu'alors on pouvait croire de la sincérité de sa religion, en proclamant, à la tête de ses troupes, l'im-

posteur Mahomet comme le prophète du Très-Haut.
C'est ici le vrai point de vue dont il ne faut pas s'é-
carter, si l'on veut se rendre raison de la conduite de
cet homme qui a dû servir comme de verge dans la
main du maître des empires pour châtier les peuples
suivant les desseins de sa justice, et ensuite devenir
lui-même un exemple frappant de ses jugemens par
la fin misérable que lui ont attirée, et ses guerres
sans cesse renaissantes, et ses entreprises téméraires
et sans bornes, après qu'elles eurent fait le malheur
du plus grand nombre des peuples de l'Europe civi-
lisée.

Il fut donné à Bonaparte de ravager cette partie de
la terre, et durant plus de dix ans ce monarque nouveau étonna l'univers : la France, l'Italie, l'Autriche,
l'Allemagne presque entière, la Bavière, la Suisse, la
Hollande, l'Espagne même une première fois, et toutes les capitales de ces divers états, Rome, Naples,
Vienne, Berlin, Madrid, etc., retentirent du bruit
de ses victoires et de ses conquêtes; mais que de victimes furent sacrifiées à son insatiable ambition! Elle
le porta à s'avancer jusqu'au cœur même de la Russie,
jusqu'à Moscou, son ancienne capitale, et ville encore
des plus considérables. Là enfin il trouva le terme de
toutes ses prospérités. Le gouverneur de cette ville
grande et riche, réfléchissant sur son sort à venir,
pensa que, tout considéré, il valait mieux encore, pour
le salut de l'empire de Russie, la livrer au feu tout
entière, que de la laisser devenir la proie d'un vain-
queur dont l'armée y eût pris ses quartiers d'hiver.

Bientôt, comme Bonaparte était aux portes de Moscou, un incendie immense, inextinguible, n'y présenta plus que l'affreux spectacle d'un océan de flammes. En même temps le bras du Seigneur s'appesantit sur Bonaparte; il le brisa, lui et son armée de plus de trois cent mille combattans, par un froid terrible et prématuré qui trompa ses calculs et sa prévoyance, car qui peut soutenir le froid, qui est aux ordres du grand régulateur des saisons et des éléments? *Ante faciem frigoris ejus quis sustinebit?* (Ps. 147-17.) Il fut donc contraint de rétrograder, comme un autre Senna-chérib, avec les débris de cette armée peu avant si brillante, mais alors dans une telle déroute qu'en arrivant en France elle se trouvait diminuée au moins des deux tiers, et que même le dernier tiers était exténué de fatigue et de misère. Cependant, toujours aveuglé par sa passion de maîtriser l'Europe, il eut la folie de se refuser à une paix encore honorable. De nouveaux revers restreignirent pour lui son vaste empire à l'île d'Elbe, d'où il parvint à s'échapper et à régner encore en France, en obligeant d'en sortir Louis XVIII, qui, depuis un an, y était reconnu pour roi légitime. Mais ce ne fut là qu'un règne de cent jours; et enfin, au bout de la dernière de toutes ses campagnes et de ses entreprises, Bonaparte se vit réduit à l'état de ceux qu'on tient séquestrés de la société, comme des êtres nuisibles et dangereux, en les privant de la liberté commune à tous les hommes. Relégué dans l'île Sainte-Hélène, à deux mille lieues de cette France où, peu d'années avant, tout pliait sous ses lois, cet homme qui faisait tant de bruit dans le monde, a terminé sa carrière, sans éclat, dans une bien triste, bien ennuyeuse et même dure captivité; et de toutes ses victoires et de toutes ses conquêtes, il ne lui est resté que matière à de grands regrets, et beaucoup de souvenirs plus douloureux que glorieux. Tout s'est évanoui en une légère fumée qui ne laisse plus entrevoir qu'un fantôme de gloire passagère, achetée par le sang de deux à trois millions d'hommes. Mais la flatterie disait à Bonaparte qu'en cela même il n'avait fait que dépenser ce qui faisait le luxe de la population. On croira sans peine que ses flatteurs n'auraient jamais voulu payer de leurs personnes leur propre contingent dans une dépense de cette nature (1).

7° La Restauration, qui semblait promettre un ordre de choses plus tranquille et mieux assuré, n'a pas été fondée sur des bases plus fermes ni plus durables. Les deux rois qui, sous ce régime, nous gouvernèrent l'un après l'autre, ne réfléchirent pas que les crimes énormes et inouïs de notre révolution ne laissaient d'autre voie de salut pour la France qu'une franche profession de la foi catholique, généralement suivie et pratiquée. Ils ne prirent point en main généreusement la cause et la défense de la religion contre les attaques de l'impiété; insensiblement ils ne veillèrent plus à faire sanctifier le jour du Seigneur, que l'on respecte encore chez nos voisins, bien qu'ils ne soient pas de notre communion; enfin ils ne songèrent pas

_______________

(1) Voyez à la fin de cet écrit la note au sujet de Bonaparte, p. 36.

même qu'il fallait exciter notre peuple à la pénitence.
Eh! qui aurait pu les blâmer, si ce n'est des impies,
s'ils eussent fait proclamer par tous nos pasteurs, de
concert avec les autres ministres de nos autels, et
mieux encore, s'ils eussent prouvé par leur propre
exemple la nécessité d'une pénitence publique, générale et indispensable, comme fit jadis le roi des Ninivites? (*Jonas*, III-6 et suiv.) Mais que ces princes,
malheureusement, furent loin d'accomplir toute justice! S'ils rendirent seulement au culte catholique
l'édifice dont la religion réclamait la restitution en
l'honneur de sainte Geneviève, comme un acte de
première justice, ils y laissèrent encore subsister les os et
les cendres de ces impies qui ont tant contribué à per-
vertir notre nation; car ce sont là les idoles très
réelles auxquelles de nos jours sacrifie une gentilité
devenue infidèle. Que ne suivaient-ils donc l'exemple
du saint roi Josias, qui fit tout à la fois consumer par
le feu, et les idoles qui avaient fait pécher tout Israël,
et les ossemens de leurs prêtres? au lieu que, parmi
nous, les restes conservés des chefs de l'incrédulité
peuvent encore devenir, pour un peuple abusé, la
matière d'un nouveau scandale. Aussi, en punition
de leur peu de zèle pour faire enlever et rejeter
d'un lieu consacré à Dieu seul de telles pierres
d'achoppement, comme aussi à cause de la négligence
qu'on mit à réprimer les désordres de tout genre où
se portait la licence des esprits, Dieu a-t-il permis
que sous Louis XVIII, et de suite sous son succes-
seur, la France fût inondée d'un débordement de livres

impies et licencieux que nous **vomit un** esprit infernal, et dont l'enseignement détestable, en préparant de nouvelles insurrections, contribua plus que tout le reste à renverser le trône de la branche aînée des Bourbons. En même temps, des sociétés secrètes et contraires au gouvernement, soit par leur républicanisme, soit par leurs systèmes particuliers pour nous gouverner en nous dominant, achevèrent d'entraîner la ruine de cette dynastie et enfin la chute du roi Charles X.

Quant à cette basilique qui fut dédiée à sainte Geneviève, et d'où est banni maintenant le culte catholique, s'étonnera-t-on que Dieu n'ait pu souffrir qu'on invoquât son saint nom dans un temple où, du fond de leurs sépulcres, les os et les cendres des chefs des impies ne cessaient point de provoquer sa justice; et pouvait-il toujours y avoir rien de commun entre Jésus-Christ et Bélial?

8° De nos jours, et en dernier lieu, règne depuis sept ans Louis Philippe, roi des Français et premier de sa dynastie, pour lequel notre devoir est d'adresser au ciel nos vœux et supplications, afin, comme dit l'apôtre (I, Tim. II, 2,), que nous menions une vie paisible et tranquille. En même temps, il serait bon de lui exposer, par l'organe des ministres de la religion, que le juste et sincère désir des vrais chrétiens de son royaume est qu'il mette le plus tôt possible en vigueur les lois concernant la répression des abus de la presse, surtout pour ce qui a trait aux livres impies et licencieux; qu'à l'exemple du saint roi Josias, si digne d'être imité dans les temps où nous sommes ( lib. III, Reg., cap. XXIII, et lib. II, Paralip., cap. XXXIV), il fasse retrancher et disparaître les abominations et les productions de l'impiété ; qu'il réprime aussi les désordres qu'entraînent des fêtes et des spectacles dangereux pour les mœurs, et néanmoins bien autrement fréquentés que nos temples, principalement dans les temps que l'Église consacre à la pénitence : car notre premier, notre plus grand besoin est d'en bien sentir la nécessité ; que surtout le roi donne ses soins pour relever et faire sanctifier le jour du Seigneur, qu'on ne distingue plus parmi nous que par une plus grande licence et par des joies plus que profanes ; enfin l'on ne peut trop désirer que nos pasteurs aient toute liberté de représenter au roi combien il est juste que la seule pure et véritable religion, qui est la catholique, recouvre l'honneur et la distinction dont elle a joui parmi nous durant tant de siècles, en sorte qu'on ne puisse plus dire que, dans toute l'Europe, la France est l'unique royaume, l'unique gouvernement qui ne reconnaisse pas une religion de l'État, tandis que les païens eux-mêmes ne croyaient pouvoir mieux honorer leurs divinités qu'en les faisant intervenir dans leurs traités et autres actes publics.

Mais pour bien remonter à la source de nos maux, pour en revenir aux premiers moteurs qui ont mis en œuvre les ressorts et l'enchaînement de ces révolutions dont nul homme sur la terre ne saurait, par les seules lumières de la raison humaine, prévoir ni le terme ni les circonstances à venir, quel chrétien aujourd'hui peut voir avec indifférence un Voltaire, un Jean-Jacques Rousseau, auxquels on joint encore un Mirabeau, le type de l'immoralité, recevoir authentiquement un témoignage public d'admiration, que l'on va jusqu'à décorer du titre de reconnaissance nationale, et cela dans le même lieu et en tête du même édifice où, peu d'années avant, on nous rappelait la mémoire et on pouvait encore espérer de voir célébrer la fête consolante de cette bonne et modeste Geneviève qui ne fut connue que par ses bienfaits, qui, dans une année de disette, par la seule confiance qu'inspirait sa piété sincère, a garanti Paris de la famine ; qui, joignant une foi plus ferme et plus forte qu'une armée à la ferveur de ses prières, a préservé notre capitale de la ruine dont la menaçait le roi des Huns, le barbare Attila ; de cette Geneviève enfin dont l'intercession non moins puissante après sa mort, par la vertu de ses précieuses reliques, a désarmé la colère divine et arrêté le mal d'un feu intérieur et ARDENT dont les corps étaient attaqués, à peu près de la même manière que de nos jours on vient de voir, et que l'on voit encore apparaître en divers cantons le redoutable CHOLÉRA ! Mais où trouver une Geneviève pour prévenir ou faire cesser en un moment, et par la seule vertu de ses prières, la subite invasion de ce mal inexplicable dans ses causes et dans ses effets ? Où la trouver dans un siècle de scandales, quand la foi nous quitte et s'éteint ? Au contraire, on détourne, on détruit l'effet salutaire que pouvait produire sur les cœurs autant que sur les corps le recours public et fervent à la puissante protection de notre sainte patronne; et dans Paris, cette Sodome, cette Égypte, on offre à notre admiration, sur le fronton d'un pompeux édifice, on évoque du fond de leurs sépulcres, pour nous les présenter comme de grands hommes bien dignes de nos hommages et d'une sorte de culte public, deux malins esprits, les plus pernicieux de ceux qui ont perverti notre France, sans songer que ce sont les mêmes qui l'ont déja *perdue*, comme l'a dit, et si justement, l'infortuné Louis XVI, qui en fut à la fois et la plus auguste et la plus lamentable victime.

Ces deux hommes, en effet, si exaltés dans notre siècle et tout nouvellement encore élevés jusqu'aux nues par une indigne apothéose, *ont perdu la France* de leur vivant même, par leurs écrits, leurs relations et leur langage impie, joints au scandale de leur conduite, car l'immoralité ne s'accorde que trop avec l'irréligion, et après leur mort il achèvent encore de la perdre et de la corrompre par les éditions sans nombre de leurs livres pestifères, qu'on a vus se répandre avec une sorte de fureur et une infernale émulation, sans même qu'on en ait retranché leurs plus infâmes romans, ni ces productions impies, abominables, qu'on ne saurait nommer sans en rougir pour ces écrivains sans pudeur.

Et ce sont de tels prétendus grands hommes pour qui, si l'on en croit le frontispice d'un monument public, *la patrie* a dû être *reconnaissante !* Mais plutôt le même frontispice ne porte-t-il pas l'acte de notre accusation pour avoir donné la main à l'iniquité de nos pères et en avoir même rempli la mesure, pour avoir sanctionné par un nouveau scandale cette exécrable impiété par laquelle, en vertu d'un décret que rendirent les soi-disant représentans du peuple, les restes précieux de notre bienfaitrice furent, avec le dernier mépris et la plus noire ingratitude, livrés au feu, et ses cendres jetées aux vents ? N'eût-il pas mieux valu cent fois qu'on eût fait subir le même traitement aux restes contagieux de ces impies, qui désormais vont devenir, pour ceux qu'ils ont séduits et pour ceux qu'ils séduisent encore, un objet de vénération ; eux à qui l'on a droit d'imputer généralement et les malheurs de toutes nos révolutions, et les scandales de tout genre qu'elles ont fait éclater ? Car y a-t-il sorte de crimes et d'abominations qu'on n'ait vus paraître au milieu de nous ? Dieu seul les connaît et en sonde la profondeur.

Dès la première assemblée nationale, un décret, propre à faire connaître l'esprit de nos libéraux qui parvinrent à la subjuguer, avait fait déterrer les os de l'impie Voltaire, pour les transporter, les faire honorer dans les caveaux souterrains de l'édifice que les députés de la *Constituante* rendaient profane. et en quelque sorte souillaient d'avance par cette espèce de prise de possession en faveur du chef des impies. Toutefois, à l'époque de ces premiers honneurs qu'on rendait aux restes de Voltaire, l'édifice n'avait pas reçu de consécration, et le peuple fidèle ne pouvait pas encore y recueillir les bénédictions du saint sacrifice qu'on y a célébré depuis et durant plusieurs années.

Aujourd'hui c'est la maison de Dieu, la maison de prière, qui est convertie en un monument tout profane; c'est Jésus-Christ lui-même qui est chassé de son tabernacle; et si, par égard pour un chef-d'œuvre de peinture, on laisse subsister dans l'intérieur de l'édifice l'image de la sainte patrone de Paris, c'est moins un honneur qu'on lui rend qu'un outrage qu'elle reçoit de se voir figurer, elle et quelques autres saints personnages, dans un temple sur le frontispice duquel on distingue des impies qui ne pouvaient avoir pour son culte que mépris, aversion, ou insultante pitié. Aussi tout signe capable de rappeler la mémoire de ses belles actions et de ses vertus a-t-il entièrement disparu de l'extérieur du monument.

Est-ce donc là le dernier scandale réservé à nos tristes jours? Et serait-il vrai que nous sommes menacés d'un plus grand et bien plus funeste, en ce qu'il ferait surcombler la mesure des crimes de notre génération joints à ceux de nos devanciers? Tel serait, et Dieu veuille l'écarter pour jamais de l'esprit de nos gouvernans, le scandale d'une fausse paix et d'une feinte conciliation entre les partis et les sectes qui nous divisent intérieurement, surtout en matière de religion; et déja les Luthériens nous en ont fourni le modèle, il y a quelques années, dans leur apparente réunion avec les Calvinistes. Le même scandale pourrait, à leur exemple, devenir pour les catholiques une séduction et une pierre d'achoppement sous l'apparence d'une fusion et d'un amalgame de toutes les opinions et sectes religieuses dissidentes, amalgame qui, dans le vrai, n'aurait point d'autre fondement que les rêveries et les vains systèmes de nos philoso-phes en délire.

Cependant, quelque pitoyable que puisse être aux yeux de tout homme sensé un pareil accommodement, les esprits fatigués de nos longues dissensions et dans l'ordre politique et dans l'ordre religieux, y verront ou voudront y voir l'unique et vrai moyen de conci-lier toutes choses et de nous procurer enfin, d'une manière plus durable, le salut et la paix. On oubliera, on rejetera même avec une sorte d'horreur, les excès par trop répugnans de nos plus fameux révolution-naires, des Marat, des Couthon, des Robespierre et autres monstres de la même génération. Mais alors l'esprit infernal, changeant de batterie, fera mettre de côté ce que, vers le déclin de leur domination, quel-ques-uns d'eux appelaient, dans leur comité de salut public, des formes *trop acerbes*, pour leur substituer le langage et les formes engageantes de la séduction. De la sorte, le malin esprit pourra, si Dieu le lui per-met dans sa colère, conduire et amener la France à la célébration d'un même culte universel, ou tout du moins à professer une religion mieux accommodée, nous dira-t-on, à nos mœurs, à nos temps et aux circonstances; d'autant mieux qu'alors on accordera comme un principe incontestable qu'on ne peut se passer de religion, ou bien, comme de tout temps l'ont dit nos incrédules, qu'il faut une religion au peuple, tandis qu'eux-mêmes, et surtout de nos jours, en ont bien autrement besoin que le simple peuple, qu'ils ne considèrent guère que comme un instrument à employer dans toutes sortes de révolutions. Aussi, déja le prêtre Chatel, Auzou son émule, et quelques autres leurs consorts ou leurs adhéreus, ont-ils essayé de nous fabriquer une religion populaire, de la proposer et de la répandre. Elle peut devenir un premier modèle qu'il ne s'agirait plus, dira-t-on encore, que de corriger et perfectionner pour la rendre plus admissible dans toute la France, et plus attrayante pour la multitude.

Mais quel étrange accommodement, et quelle paix que celle qui serait fondée sur de tels élémens, de tels médiateurs, de tels ministres, et en l'honneur d'un tel simulacre de religion ! En vain une paix si mal assise semblerait-elle concilier les trois partis (1) qui se sont prononcés plus distinctement que les autres, et qui nous tiennent divisés depuis l'époque fatale de 1789, époque où l'on a vu au sein d'une assemblée, la première, nommée NATIONALE, s'allumer le feu de la discorde, qui de là, bientôt répandu par des agens

---

(1) Les trois partis dont il s'agit, auxquels on peut ramener et réduire tous les autres, se composent, 1o des fougueux partisans d'une liberté indisciplinable qui ne connaît aucune borne, aucun frein, et qui va même jusqu'à prétendre à une entière égalité dans les biens comme dans les droits ; 2o de ces royalistes outrés qui veulent absolument tout rétablir sur l'ancien pied, sans aucune exception, et jusqu'aux abus même du vieux régime ; 3o de ces faux sages qui se donnant pour marcher entre les deux extrémités. Parmi ceux-là on peut ranger ceux que l'on nomme *doctrinaires* lesquels prétendent concilier à la fois la monarchie et la souveraineté du peuple, en fondant l'une et l'autre sur leur système, régulateur à ce qu'ils pensent, de tout gouvernement. Le Seigneur, ni son bon esprit, ne sont dans aucun de ces trois partis.

secrets et incendiaires, a gagné toute la France, et par la France le monde presque entier. En vain de nouveaux conciliateurs pourraient-ils parvenir à entraîner le grand nombre des esprits : leur œuvre, bâtie sur le sable comme toutes les précédentes, ne saurait subsister, et bientôt elle n'aboutira qu'à de nouvelles divisions propres à mettre notre France en opprobre et en proie aux peuples voisins qui nous observent, en même temps que cette œuvre éphémère fera la risée de celui *qui habite dans les cieux*, d'où il considère silencieusement tout le vain travail des faux sages, enfans de ce siècle pervers, avec leurs systèmes, leurs plans, leurs projets, pour les renverser et pour les confondre au jour de sa justice et de ses plus terribles vengeances : car la religion que ces faux conciliateurs pourront tenter de nous faire adopter en attirant à eux, si Dieu le permet, le grand nombre de ceux qui suivent différens partis, n'offrira jamais que l'image d'une méprisable idole, ouvrage de la main des hommes, fabriqué par eux et mis en honneur pour attirer et recueillir les adorations du peuple français, comme autrefois le veau d'or au milieu du camp d'Israël.

Mais quoi de plus propre à hâter ce dernier jour de la vengeance céleste? Eh! n'est-ce pas là s'attaquer à Dieu même, en confondant tout de la sorte dans notre divine religion et dans ses mystères les plus respectables, qui sont l'objet de notre foi, et nullement de la raison humaine? Par là on viendrait à rendre tout douteux dans l'enseignement de l'Église sur le dogme et sur la morale. Quel chrétien ne frémira pas s'il reconnaît que, par une duplicité si artificieuse, on pourrait aller jusqu'au point d'obliger Dieu même, à force de scandales, s'il est permis de s'exprimer ainsi, lorsque le cri de nos iniquités sera monté jusqu'au ciel, à sortir enfin de son secret, de ce long et terrible silence, plus à craindre pour nous que tous les châtimens qu'il fait tomber actuellement sur nos voisins de la péninsule, en Espagne surtout depuis quatre à cinq ans, sans compter les troubles et les divisions que l'on voit renaître sans cesse en Portugal, en Grèce, en divers états de l'Allemagne, et, dans un autre hémisphère, au Mexique, au Pérou et ailleurs, même chez plusieurs peuples lointains et étrangers au christianisme, dans une grande partie du monde connu, avant que de nouveaux fléaux, quels qu'ils soient, atteignent jusqu'au cœur de la France? car le silence qu'en ce moment Dieu garde sur les crimes anciens et nouveaux de notre nation, ne peut que faire lâcher la bride à toute la furie des passions humaines et laisser des tigres se produire encore au milieu de nous, comme on l'a vu au temps où nous firent trembler sous leur joug de fer ceux qui, pour ce sujet, furent nommés *terroristes*. Comment donc demeurer et dormir tranquilles sur notre avenir? Tout nous avertit de ce qu'il doit être s'il n'y a pas chez nous de conversion; tout nous en retrace l'image, jusqu'au frontispice d'une nouvelle église qui n'est pas encore achevée, et sur lequel un chrétien attentif ne peut manquer de voir représenté par la sculpture le discernement que mettra le souverain juge entre les vrais, chrétiens et ces impies qui, en France surtout, ont fait et causé tant de maux. Quel contraste présente un tel frontispice avec celui qu'offre à nos yeux le Panthéon moderne, et qu'il fait bien sentir où nous mène l'esprit d'un siècle qui n'offre partout que mélange et contradiction ! Dieu veuille au moins nous préserver d'un autre scandale qui ferait succéder l'erreur d'une secte hérétique à la vérité dont l'enseignement, dans sa pureté, n'appartient qu'à l'Eglise catholique, parce qu'elle seule en est la dépositaire ! Il arriverait, ce scandale, si l'église de l'Assomption, que remplacera la nouvelle église de Sainte-Madeleine, était abandonnée aux Luthériens ou aux Calvinistes. L'on ne peut trop conjurer le Seigneur qu'il détourne loin de nous un si grand sujet d'affliction, et qu'il nous préserve du pain mélangé qu'offrirait au peuple séduit une secte opposée à l'unité de communion, dont le lien et le centre ont été fixés par Jésus-Christ même et assurés à la chaire de saint Pierre, qui ne manquera jamais de successeurs.

Quoi qu'il en soit d'une telle prévarication et de toutes les autres propres à nous conduire aux derniers événemens qui décideront du sort de la France et de toutes ses révolutions, si l'on ne doit rien ici avancer autrement que comme de simples conjectures, plus probables, quant à leur effet, que beaucoup d'autres prévisions, il est un point fixe et indubitable dont rien ne saurait nous faire départir : c'est qu'il n'y aura jamais et qu'il ne peut y avoir de salut pour le corps entier de notre déplorable nation, sans une conversion et une pénitence générale et publique ; car si Dieu accorde tout et ne refuse rien à un peuple qui revient à lui de tout son cœur, il ne reste pour tous les pécheurs endurcis dans l'impénitence que l'attente effroyable de son dernier jugement ( Hebr. X-26, 27).

Cependant, au milieu de cette foule de scandales qui nous investissent de toutes parts, quelles peuvent être les suites de ce silence durant lequel Dieu nous laisse marcher dans nos propres voies, silence si profond et si inconcevable à la raison humaine, toujours faible dans ses courtes vues? et que n'avons-nous pas à craindre si nous considérons que Dieu, qui s'y est comme retranché, est remonté en haut, suivant l'expression du prophéte roi (Ps. VII, et saint Augustin, sur le même psaume), pour n'être plus dorénavant accessible à un peuple qui ne fait plus aucun cas de son alliance ni du sang de son Sauveur qui l'a cimentée, tandis qu'il fait ouvertement, et par un monument public, éclater sa reconnaissance non pas seulement pour quelques hommes que de vrais services lui ont rendus chers, mais encore et spécialement envers des impies qui, en France surtout, ont perverti un si grand nombre? Et que doit-il rendre à ce peuple chez lequel sa religion vient d'être exclue d'un temple qui lui fut consacré, pour y substituer une espèce de culte déféré, entre autres personnages fort mal associés sur le même fronton, aux deux porte-étendards de l'incrédulité sortis de la lie des siècles?

Que doit rendre encore ce Dieu tout-puissant à un

peuple qui ne sait ce que c'est qu'une religion de l'E-
tat, à qui même généralement peu importe quelle est
la vraie religion, parce qu'il ne connaît d'autre Dieu
que l'or, et qu'en fait de culte il ne sacrifie qu'à ses
plaisirs ou aux intérêts de ce monde. Aussi, par l'effet
d'un si grand mépris pour notre sainte et divine religion, voit-on parmi nous se commettre coup sur coup
des vols joints aux profanations les plus sacriléges,
sans parler de bien d'autres crimes dont reten-
tissent sans cesse nos tribunaux et nos journaux. Ne
sont-ce pas là évidemment les affreux résultats des
leçons de ces impies que notre peuple a pris pour ses
maîtres? car n'est-ce point du sein de ce même peuple
qu'est sorti l'assassin d'un jeune prince qui était le
seul espoir de sa dynastie? et cet assassin n'a-t-il pas
fait voir à quelle école, dès sa première jeunesse, il
ayait puisé ses leçons, lorsqu'il a porté l'impiété jusqu'à oser dire devant ses propres juges cette horrible
parole : *Dieu n'est qu'un mot*, parole qui s'accorde
d'une manière effroyable avec celle qui depuis a été
librement avancée devant d'autres juges, quoique dans
une autre occasion, à savoir que *la loi est athée*. C'est
à ce point que la licence n'a pas rougi de se porter de
nos jours même. Mais que conclure de telles maximes
professées si publiquement, sinon que nous ne sommes pas loin de ce jour de misère et de calamité
dont les prophètes qui l'ont prédit nous font la plus
sinistre peinture, en l'appliquant spécialement à un
grand nombre de nations gentiles qu'ils distinguent
du peuple d'Israël. (Sophonie, I, 15. Joël, III, 14.

Amos, V, 18.) Que seulement l'on s'arrête au sort que firent subir à leur malheureuse patrie ces zélateurs d'exécrable mémoire que l'on vit déchirer à l'envi l'un de l'autre le cœur et les entrailles de cette lamentable Jérusalem, et l'on pourra juger du sort que nous réserve, dans le trésor de sa colère, celui qui tient en main les armes de sa justice, et qui juge les peuples dans sa vérité, si nous n'effaçons pas, comme on ne peut trop le répéter, par une réparation publique, le souvenir toujours subsistant devant lui des outrages de notre nation contre son propre fils, contre son église et contre ses saints.

C'est le même sort que notre Bossuet semble avoir prévu pour la France, lorsque d'une voix de prophète il nous crie : « Ecoute, écoute, chrétien, lis ta destinée « dans celle des Juifs : car si Dieu, » ajoute-t-il avec le grand apôtre des nations, « n'a pas épargné les « branches naturelles, doit-il t'épargner davantage? » (Rom., XI, 21.) Et à quel titre, ou en vertu de quel droit nous épargnerait-il, nous chez qui la divine victime a été si indignement outragée par toutes sortes de profanations et de blasphèmes, durant le cours de nos incessantes révolutions; nous, chez qui Dieu même, rejeté et exclu d'un temple qui venait de lui être consacré, ne cessera plus dorénavant, et jusques aux momens marqués dans ses décrets, d'être insulté par les honneurs que l'on rend et que l'on rendra en sa place à l'élite des enfans de Bélial, et encore au nom du peuple français; nous, chez qui le Sauveur du monde, chaque fois qu'on rappellera devant le Panthéon comment les nôtres l'ont traité, pourra devenir impunément un sujet d'insulte et de raillerie pour cette multitude de passans impies et blasphémateurs, qui se font un jeu, en branlant la tête, de voir profaner nos églises et nos autels, nos saints mystères, nos dimanches et nos jours de fêtes solennelles. *Viderunt eam hostes et deriserunt sabbata ejus.* Thren. I, 7.

Quel remède un chrétien peut-il, autant qu'il est en lui, apporter à de si grands maux, et à la vue d'une si énorme prévarication ? Quel est même notre devoir à tous, si ce n'est d'abord d'abaisser notre tête, et de la mettre dans la poussière pour concevoir, autant que possible, quelque espérance : *Si fortè sit spes !* (Thren. III, 29.); ensuite de nous unir à notre premier pasteur, qui a si justement protesté avec zèle contre ce nouveau scandale fait pour nous percer de douleur, afin que d'un même accord, dans une cause qui nous est commune avec lui, nous puissions crier au Seigneur, du fond d'un cœur contrit et humilié : *Miséricorde, grand Dieu, miséricorde !* « et Dieu, « dit l'Ecriture, parlant des Ninivites qui se mon- « trèrent dociles à la voix de Jonas, considéra leurs « œuvres ; il vit qu'ils s'étaient convertis en quittant « leur mauvaise voie, et la compassion qu'il eut d'eux « l'empêcha de leur envoyer les maux qu'il avait résolu « de leur faire (Jonas, III, 10.); » car les œuvres doivent suivre nécessairement, et elles ne sauraient manquer, au moins par un désir sincère et une ferme volonté, à la véritable conversion.

## NOTE SUR CE QUI EST DIT DE NAPOLEON
### Page 15 et suivantes.

Dans le plan qu'on s'est proposé pour ce petit écrit, on a envisagé Bonaparte uniquement sous le rapport de ses qualités militaires et guerrières, jointes à cette ambition insatiable et sans bornes qui lui a fait porter chez tant de peuples la guerre et la désolation. Il est juste, néanmoins, de reconnaître plusieurs sortes de biens que la Providence a procurés à notre France sous son gouvernement. Et d'abord, on peut dire que Bonaparte a fait cesser une anarchie qui l'entraînait à une ruine inévitable : il a arraché le culte catholique à la servitude où l'avait jeté la barbarie du Directoire. Il a rétabli l'ordre dans les finances et dans les autres branches de l'administration. Il nous a donné un code civil, suivi de quelques autres codes nécessaires pour régler et mettre en activité notre jurisprudence sur les points capitaux, et dans l'ordre civil, et dans l'ordre criminel. Enfin, il s'est occupé utilement de différens travaux publics.

Mais combien de tels avantages sont-ils balancés et obscurcis par des fautes que la vérité de l'histoire ne manquera pas de taxer ainsi qu'elles le méritent, outre celles que la religion lui reprochera, à cause de ses proclamations en Egypte ! Qui n'a pas en effet, même parmi les parens les plus proches de Bonaparte, été révolté de la mort, pour mieux dire de l'assassinat du duc d'Enghien, considéré surtout dans ses odieuses circonstances ? Qui se chargerait d'excuser son indigne conduite et son ingratitude envers le Saint-Père Pie VII, qui avait porté pour lui la complaisance jusqu'à venir à Paris le sacrer empereur, sans doute à cause du bien et de l'utilité qu'il croyait y voir pour l'église de France ? De quel œil encore verra-t-on le divorce de Bonaparte avec Joséphine, au sujet duquel on a remarqué que, depuis cette époque, il n'avait guère eu que des revers ? Mais que penser de sa conduite envers le roi d'Espagne, qu'il a fait venir en France après l'avoir dépouillé de son royaume, ainsi qu'envers son fils Ferdinand VII, qu'il a retenu prisonnier à Valançai durant six ans ? Enfin quel mépris Bonaparte n'a-t-il cessé de faire des droits les plus sacrés de l'humanité, dont il s'est joué indignement, surtout dans ses dernières campagnes ? Ne l'avons-nous pas vu alors envoyer à la mort des milliers de malheureux conscrits, dont beaucoup, sur la fin, n'avaient pas même la force de rejoindre leur corps à l'armée ? Il les regardait, a-t-on dit, comme de la chair à canon qu'il mettait en avant pour servir de plastron à sa garde et à d'autres soldats aguerris, leur faisant essuyer les premières bordées de l'ennemi. Tout cela ne suffit-il pas pour que l'histoire impartiale nous fasse voir en lui un fléau destructeur et bien affligeant pour l'humanité , loin qu'on puisse voir dans Bonaparte ce héros, *ce roi que l'équité guide et dont les vertus font l'appui,* ni celui qui de notre bonheur *fit le plus cher de ses souhaits, et qui, père de la patrie, compta ses jours par ses bienfaits.* Et ce n'est là pourtant que le pouvoir d'un héros des païens. Que serait-ce si, dans Bonaparte, il fallait chercher un héros chrétien ?

# PROCLAMATIONS DE BONAPARTE EN ÉGYPTE.

—

*Proclamation du 24 messidor an 6. (Moniteur du 8 vendé-*
*miaire an 7, N° VIII, p. 3o.)*

Bonaparte, membre de l'Institut national , général en
chef de l'armée française :

« Peuple de l'Egypte, on dira que je viens pour dé-
« truire votre religion; ne le croyez pas. Répondez que
« je viens vous restituer vos droits, punir les usurpateurs,
« et que je respecte plus que les Mamelouks, Dieu, son
« prophète et l'Alcoran. »

—

*Proclamation du 4 thermidor an 6. (Moniteur du 3 brumaire*
*an 7, N° XXXIII, p. 136.)*

« Peuple du Caire, ne craignez rien pour vos familles ,
« vos maisons, vos propriétés, et surtout pour la religion
« du prophète que j'aime. »

—

*Proclamation du 1er nivose an 7. (Moniteur du 3o germinal*
*an 7, N° CCX.)*

« Schérifs, Ulmas, Orateurs des mosquées, faites bien
« connaître au peuple que ceux qui, de gaîté de cœur, se
« déclareront mes ennemis, n'auront de refuge ni dans ce

« monde ni dans l'autre. Y aura-t-il un homme assez
« aveugle pour ne pas voir que le destin dirige toutes
« mes opérations? Y aurait-il quelqu'un assez incrédule
« pour révoquer en doute que tout dans ce vaste univers
« est soumis à l'empire du destin?

« Faites connaître au peuple que, depuis que le monde
« existe, il était écrit qu'après avoir détruit les ennemis
« de l'Islamisme, fait abattre les croix, je viendrais du
« fond de l'Occident remplir la tâche qui m'a été imposée.
« Faites voir au peuple que dans le saint livre du Koran,
« dans plus de vingt passages, ce qui arrive a été prévu,
« et ce qui arrivera a été également expliqué.... Que les
« vrais croyans fassent des vœux pour la prospérité de nos
« armes! »

*Vers imprimés en 1783, au sujet de la nouvelle église qu'on élevait alors en l'honneur de sainte Geneviève. On a pensé qu'il serait utile d'y joindre la traduction en vers français, imprimée dans le même tems, quoique inférieure au texte latin.*

Templum augustum ingens reginâ assurgit in urbe,
    Urbe et patronâ virgine, digna domus :
Tarda nimis pietas ! Vanos moliris honores?
    Non sunt hæc cæptis tempora digna tuis :
Ante Deo, in summâ quàm templum erexeris urbe,
    Impietas templo tollet et urbe Deum.

Digne de la cité qui règne sur la France
S'élève à sa patrone un édifice immense.
Piété trop tardive ! inutiles honneurs !
Avant qu'il soit fini, dans ce siècle d'horreurs,
L'athéisme, ennemi de tout pouvoir suprême,
De la ville et du temple aura chassé Dieu même.

Ces vers ont été imprimés dans le dictionnaire des hommes illustres en 1783, édition d'Anvers, au mot *Soufflot*, architecte de l'église Sainte-Geneviève.

www.ingramcontent.com/pod-product-compliance
Lightning Source LLC
Chambersburg PA
CBHW061707060726
47597CB00006B/2237